L'ALLARMISTE,

IMPROMPTU RÉPUBLICAIN,

EN UN ACTE,

Par le C. DESPREZ.

Représenté, pour la première fois, sur le Théâtre du Vaudeville, le 3 Thermidor an deuxième de la République.

A PARIS,

CHEZ le Libraire au Théâtre du Vaudeville, Et à l'Imprimerie rue des Droits de l'Homme, N°. 44.

An deuxième.

PERSONNAGES.   ACTEURS.

Les CC. et Cnes.

PERSONNAGES.	ACTEURS.
PERRAUT, ci-devant Bailli.	*Rosières.*
VINCENT, Maire.	*Léger.*
BERTRAND, fermier et municipal.	*Carpentier.*
JULIEN, idem.	*Vertpré.*
JUSTIN ROYER, Volontaire.	*Frédéric.*
AUGUSTE, fils du Maire.	*Julien.*
MATHURINE ROYER.	*Duchaume.*
ROSALIE, fille du Maire.	*Delaporte.* *Dufey.*
LUCETTE, fille du Maire.	*Monblond.*
MICHEL, sourd, aveugle et jambe de bois.	*Chapelle.*
BENOIT, paysan.	*Clairville.*
PIERRE, idem.	*Humbert.*
PAUL, idem.	*Fichet.*

La Scène se passe à la commune de Lisy.

L'ALLARMISTE,

IMPROMPTU RÉPUBLICAIN,

EN UN ACTE.

Le Théâtre représente la place publique d'une petite commune. Au milieu de laquelle on élève un nouvel arbre de la Liberté, autour duquel les habitans viennent danser.

SCENE PREMIERE.

PERRAUT, *seul.*

LE voici donc ce nouvel arbre, qui doit remplacer le ci-devant mai; tous les habitans de cette commune vont se rassembler ici pour cette fête, en chantant et dansant des rondes patriotiques. A la bonne heure ! Jadis on m'eut invité des premiers, mais aujourd'hui, plus d'attention, plus de soin, pas la moindre petite prévenance.

> AIR : *Ce fut par la faute du sort.*
> Bailly du ci-devant seigneur,
> J'étais, jadis, un personnage,
> Chacun se faisait un honneur
> D'obtenir, ici, mon suffrage.
> Aujourd'hui, presque rejetté,
> Combien mon existence est triste ;
> Mais pour être encore écouté
> J'ai pris l'état de nouvelliste. (*bis.*)

Comme à tout ce que je leur dis
Ces bonnes gens prêtent l'oreille,
Je m'empare de leurs esprits,
Et l'on me croit une merveille ;
Je m'en tire comme je puis :
La vérité qu'on dit si rare,
Je la laisse au fond de son puits
De crainte qu'elle ne s'égare.   (bis.)

Mais les voici, ne nous démentons point, et soutenons notre personnage.

SCENE II.

LE MAIRE, les OFFICIERS MUNICIPAUX, PERRAUT, BENOIT, ROSALIE, MATHURINE, MICHEL, Chœur des Habitans.

BERTRAND, *en dansant avec les autres.*

Air : *Chantons le mai, r'plantons le mai.*

Chantons le mai, r'plantons le mai,
Le mai, le mai, plus beau que l'autre mai ;
L'un, du verd printems est l'enseigne ;
C'lui-ci dit : » la Liberté règne. »
Ce mai, ce mai,
Plus beau que l'autre mai,
Ce mai, ce mai
Qui nous rend le cœur gai.

LE Chœur.

L'un, du verd printems, etc.

JULIEN, *en montrant l'arbre.*

Ce mai, par l'hyver maltraité,
Faisait insulte à notre liberté :

(5)

Français, puisqu'elle est immortelle,
Ne doit-il pas l'être comme elle,
        Ce mai, ce mai,
    Plus beau qu'un autre mai,
        Ce mai, ce mai
    Qui nous rend le cœur gai!

LE CHŒUR.

Français, etc.

BERTRAND.

Que faut-il fair' pour que not' maï
Reste aussi frais qu'au joli mois de mai !
V'là l'secret : aimons la patrie ;
Chaq' branch' sera toujours fleurie ;
        Ce mai, ce mai,
    Bien mieux qu'un autre mai,
Ce mai nous rendra toujours le cœur gai.

LE CHŒUR.

V'la l'secret, etc.

PERRAUT, *à Benoît, d'un air sombre.*

Nous rendra toujours le cœur gai. Moi.... je ne l'ai pas...
le cœur gai.

BENOIT.

Pourquoi donc ?

PERRAUT, *en soupirant.*

Oh ! .... Pourquoi !

Perraut se place ailleurs et benoît le suit.

ROSALIE.

Puisque nous sommes entrain de danser, père Michel
redites-nous la ronde de l'autre jour !

TOUS, *vivement, entourant l'arbre.*

Elle a raison : la ronde ! la ronde !

MICHEL.

Hein !

LUCETTE, *criant à l'oreille de Michel.*
La ronde de l'autre jour! on la demande.

MICHEL.
Je ne sai pas si je m'en ressouviendrai, mon enfant.

LUCETTE, *lui versant à boire.*
Vous allez voir qu'oui, père Michel.

MICHEL, *après avoir bû*
N'est-ce pas ?.... (*Il joue sur son violon, le commencément de l'air : eh ! gai, gai, mon officier , etc.*

TOUS, *avec joie.*
C'est ça. (*Le cercle se forme,*)

MICHEL.
Bon ! attendez que je re nette mon violon d'accord.

Le maire s'éloigne avec plusieurs habitans.

PERRAUT, *à Benoît , tout bas.*
Un grand échec à l'armée.

BENOIT.
Sûr !

PERRAUT.
Que trop.

BENOIT.
Une lettre de Paris ?

PERRAUT.
D'hier soir. Garde-toi de me citer.

BENOIT.
Jamais.

Benoît quitte Perraut et rassemble un groupe.

MICHEL.

Air : *Eh ! gai ! gai ! gai ! mon officier.*

Eh ! non , non , non , je n'irai pas ,
Je n'irai pas , pour cause :
Eh ! non , non , non , je n'irai pas ,
Dit-elle à Nicolas.

Le Chœur, *en dansant.*

Eh ! non , non , non , etc.

PIERRE, *abordé par Benoît , après l'avoir écouté.*
Juste ciel ! serait-il possible ?

BENOIT, *avec suffisance.*
J'ai lu la lettre.

Benoît les laisse consternés et forme un autre groupe.

MICHEL.

Nicolas t'nait un' rose ,
Qu'il l'i montre de loin :
Mais il faudra quelle ôse
V'nir la prendr' de sa main :
Eh ! non , non , non , je n'irai pas ;
Tu peux garder ta rose :
Eh ! non , non , non , je n'irai pas ,
Dit-elle à Nicolas.

Perraut suit de l'œil tous les mouvemens de Benoît.

LE CHŒUR.

Eh ! non , non , non , etc.

UN HOMME *du second groupe où Benoît perore.*
(*froidement.*) Je n'en crois pas un mot.

PIERRE.
Benoit a lu la lettre qui le dit. Est-ce clair ?

PERRAUT, *à part.*
Ma lettre fait effet.

MICHEL.

Il a pris une alouette
A l'œil brillant et doux,
Mais il ne veut la r'mettre
Qu'à l'objet d'son amour.

LE CHŒUR.

Il a pris une alouette
A l'œil brillant.....

ROSALIE, *les interrompant et l'œil attaché sur les groupes.*

Paix ! .... Ils ont l'air inquiets ! écoutons....

La danse s'arrête brusquement.

TOUS, *avec intérêt.*

Quoi donc ? .... Qu'est-ce ? ....

ROSALIE.

Mathurine ! .... mais, tout le monde paraît effrayé....

MATHURINE.

Vraiment, mon enfant, c'est qu'on dit...

MICHEL, *chantant.*

Eh ! non, non, non, je n'irai pas.....

TOUS, *très-haut pour le faire taire.*

Un moment ! un moment ! un moment !

ROSALIE, *à Mathurine.*

Eh ! bien ! ... on dit ?

MATHURINE.

Des choses affligeantes. (*Plus bas.*) On annonce une
défaite.

TOUS.

Une défaite !

Le cercle de la danse se rompt subitement.

ROSALIE.

S'il est ainsi, mes amis, plus de joie.

LUCETTE.

Plus de danse.

PERRAUT.

Mais si c'est un bruit mal fondé !

ROSALIE.

Qu'importe, citoyen ? Dans le doute où l'on est d'un malheur public, a-t-on le cœur de s'amuser !

TOUS, *avec douleur.*

Oh ! non, non. (*Tout le monde se retire tristement.*)

MATHURINE, *à Rosalie.*

Allons chercher ton père ; il saura peut-être....

ROSALIE.

Courons plutôt au-devant de mon frère Auguste ; il vient de Paris ; il doit nous rapporter des nouvelles. (*Tendrement.*) Pourvu qu'il ne soit rien arrivé de cruel à votre bon fils, à Justin !

MATHURINE.

Non, ma Rose ; non, rien, je suis tranquille et tu peux l'être aussi.

PERRAUT, *en sortant.*

L'allarme est complette.

SCENE III.

MICHEL, *seul.*

Continuerai-je ?.. (*Croyant qu'on lui répond.*) Oui ?... bon !

Pour décider Aline ,
Que fit-il ? je ne sais :
Mais le soir , la maligne ,
En soupirant , disait :

Chorus mes enfans !

Il joue du violon.

SCENE IV.

MICHEL , LE MAIRE.

LE MAIRE.

Eh ! bon dieu ! que fais-tu là mon vieux camarade ?

MICHEL.

Citoyen, maire, car, c'est vous que je crois entendre, je fais danser tous ces jeunes gens qui célèbrent la décade, comme vous voyez.

LE MAIRE.

Ce que je vois, mon ami, c'est que la place est vide, et qu'ils t'ont laissé seul.

MICHEL.

Ils m'ont laissé seul. Comment donc ? Est-ce que je suis tout seul ici !

LE MAIRE.

Tout seul.

MICHEL.

Oh !... le tour est noir.

Il accroche son violon à sa boutonnière et se lève pesamment pour descendre.

LE MAIRE, *le soutenant.*

Attends , attends , que je t'aide. Appuie-toi sur moi.... Fort.

MICHEL, *descendant.*

C'est que je pese , au moins. N'est-ce pas ?

LE MAIRE, *appercevant Lucette.*

Lucette!..... Accoure ici , ma fille ; ton frère n'est pas encore revenu ?

LUCETTE.

Non , mon père.

LE MAIRE.

Que ce retard m'inquiete ?..... tiens, mon enfant, voilà ce pauvre aveugle qui va s'en retourner à tâtons ; donne-lui la main et recónduis-le jusqu'à sa pórte.

LUCETTE.

Oui, mon père.

MICHEL.

Vous êtes secourable , et bon , citoyen maire : et vos enfans vous ressemblent.

Il sort accompagné de Lucette.

SCENE V.

LE MAIRE, *seul.*

Ils me suivaient. Qui peut les arrêter ?.... Si ce detestable Perraut leur a parlé, cet homme est capable de refroidir le patriotisme le plus ardent...

SCENE VI.

LE MAIRE, BERTRAND, JULIEN.

LE MAIRE, *au milieu*.

ARRIVEZ donc, mes amis, arrivez. Un intérêt presssant un intérêt sacré nous rassemble. Toutes les communes qui nous entourent se disputent la gloire d'offrir à la commune de Paris le tribut d'une partie de leur récolte.

AIR: *Consolez-vous avec les autres.*

Montrons, amis, et, dès ce jour,
Montrons notre reconnaissance,
Pour le grand, l'immortel séjour,
Où l'Egalité prit naissance.
Les Parisiens, frères chéris,
Connaîtront partout qu'on les aime:
N'en doutez pas; nourrir Paris,
C'est nourrir la Liberté même.   (*bis.*)

JACQUES et JULIEN, *ensemble*.

AIR: *Oui, j'aime à boire moi, etc.*

Oui, certes, nos moissons
A Paris sont dûes,
Par lui, nous en jouissons,
Il nous les a rendues.

BERTRAND.

Ceux d'Paris, (sans êt'jaloux,
Not' orgueil le confesse,)
Ont, en liberté, sur nous
Acquis le droit d'aînesse.

ENSEMBLE.

Oui, certes, nos moissons
A Paris, etc.

LE MAIRE, *avec satisfaction, leur serrant la main*.

Que vous voilà bien! c'est bien vous, tel que je vous ai toujours vu, tels que j'étais sûr de vous voir!

JULIEN.

En as-tu douté, citoyen maire ?

LE MAIRE.

Hélas ! mes amis , que ne peut l'intrigue ! n'a-t-on pas essayé de nous allarmer ici , sur ce que nous craignons le moins sur-tout à la vue des richesses dont la campagne est couverte et que je ne peux regarder, sans dire ?

AIR : *Je connais un berger discret.*

Tandis que de ces rois jaloux,
    La fureur inquiette ,
Par de longs efforts , contre nous ,
    Veut armer la disette ;
Dieu, qui confond , des méchans ,
    La coupable imprudence ,
Dieu , d'un sourire , dans nos champs,
    Fait germer l'abondance.

BERTRAND.

Et ces rumeurs désolantes qu'on a semées tout-à-l'heure, pendant la danse.

JULIEN.

Et qui sont fausses.

SCENE VII.

Les précédens , PERRAUT , *arrivant à petit pas.*

PERRAUT.

J'EN suis garant. Très-fausses.

LE MAIRE, *avec une intention très-marquée.*

Vous en savez plus qu'un autre là-dessus, citoyen Perraut. Oui, ces rumeurs sont fausses ; mais enfin, quand elles seraient fondées, mes amis !

Air: *Trop de pétulance gâte tout.*

Quand un revers, un jour d'orage
Nous attristerait un moment,
Hé bien ! c'est l'instant du courage,
Du civisme, du dévouement

(*la main sur son cœur.*)
Ne sent-on rien, là, rien qui crie !
Mes amis, consultons-nous tous :
Ah ! s'il faut souffrir pour la patrie,
C'est quand la patrie
Souffre pour nous.

ENSEMBLE.

Ah ! s'il faut, etc.

JULIEN, *avec enthousiasme.*

Maire, écris aux parisiens, en notre nom : » nous » mettons tous nos grains en réquisition pour Paris: » nos bras sont en activité pour les battre, nos moulins » pour les moudre et nous tous, pour le servir, le dé- » fendre et l'alimenter. »

LE MAIRE.

Bien ! bien ! bien ! tu la porteras cette lettre à nos frères de Paris. Tu le mérites.

JULIEN.

Ton fils le mérite mieux que moi, citoyen. C'est lui qui fut envoyé l'année dernière, pour demander des secours à Paris : il est juste qu'il aille les lui rendre, pour sa récompense.

BERTRAND.

Oui, sans doute.

JULIEN.

J'y mets une condition ; c'est que mes chevaux seront employés pour le transport des grains, et que chacun offrant les siens, j'aurai la préférence.

LE MAIRE.

Je te le promets.

Ils sortent en se tenant embrassés, Perraut prend Julien à part.

SCENE VIII.

JULIEN, PERRAUT.

PERRAUT, *avec un air affecté,*

Ecoute, Julien. Pourquoi donc le maire s'adresse-t-il à moi... particulièrement... au sujet des bruits qui courent?... Il m'a parlé d'un air.... comme s'il imaginait....

JULIEN.

Te supposant mieux instruit qu'un autre... Il est bien aise que tu démentes ces bruits chagrinans.

PERRAUT, *confidemment.*

Je les ai démentis.... Mais, j'y crois.

JULIEN.

Tu crois....

PERRAUT, *avec importance.*

Qu'ils nous ont battus.

JULIEN.

D'où s'ais-tu cela ?

PERRAUT.

Qu'importe ?

JULIEN.

Battus.... En quel endroit ?

PERRAUT, *feignant de chercher.*

Je le cherche..... à.... ces maudits noms-là n'entreront jamais dans ma tête.

JULIEN.

Il est bien singulier (*en souriant.*) qu'un patriote oublie ces noms-là. Car, enfin, on a dû t'indiquer le lieu. Ce qui m'étonne c'est que moi, qui, par hasard, ai des détails sur l'état de nos armées, j'en ai de fort contraires, à ce qu'on t'a rapporté. Dis moi, Perraut, est-ce en Belgique?

PERRAUT, *à mi-voix.*

Précisément.

JULIEN, *gaîment.*

Eh bien, mon ami, nous n'avons eu que des succès dans ce pays là.

PERRAUT.

Tu crois.... je le desire bien.... sincèrement...

JULIEN, *ironiquement.*

Je le crois.... C'est peut-être au bord de la Mozelle ?

PERRAUT.

C'est cela même, je m'étais trompé.

JULIEN.

Eh bien ! nous y sommes aussi heureux qu'en Belgique.

PERRAUT.

Oui !

JULIEN.

Serait-ce en Alsace ?

PERRAUT.

Je le crains.

JULIEN.

C'est peut-être aux Pyrennées.

PERRAUT.

Ma foi...

JULIEN.

Je t'assure, mon cher Perraut, que tu es fort mal instruit, car nous n'avons que les plus grands avantages de toute part.

PERRAUT, *avec humeur.*

A la bonne heure, il n'en est pas moins certain que plusieurs de nos régimens ont été surpris et se sont repliés avec désavantage.

JULIEN.

JULIEN.

Certain ?

PERRAUT.

Certain.

JULIEN.

En ce cas, écoute-moi. Nous sommes en marché pour cinq arpens de terre que je t'achete, n'est-ce pas ?

PERRAUT.

Et c'est même un grand plaisir que tu me fais, car j'ai besoin d'argent.

JULIEN.

L'argent est tout prêt. Mais, d'après ce que tu m'annonces, il peut être mieux employé. Je monte, j'équipe et j'entretiens pendant toute la guerre, un soldat républicain. Garde tes cinq arpens.

PERRAUT.

Tu donneras donc tout ce que tu possèdes.

AIR : *Ne v'là-t-il pas que j'aime.*

Tout, s'il faut. J'n'ai rien épargné
Pour mon pays qu' j'adore ;
Qui, pour lui, n'a pas tout donné,
Perraut, lui doit encore.

PERRAUT.

2eme. Couplet.

Dis-moi, quand tu n'auras plus rien,
Avec ton beau systême.....

JULIEN, *gaîment.*

Je me réserve un bon moyen.....
J'irai m'battre moi-même.

SCENE IX.

PERRAUT, *seul.*

Joli moyen ! si je me sers de celui-là....

B

SCENE X.

PERRAUT, ROSALIE.

ROSALIE.

Citoyen Perraut, vous n'avez pas vu Mathurine ?

PERRAUT.

Non.

ROSALIE.

C'est qu'elle me doit joindre ici, pour aller à la rencontre de mon frère.

PERRAUT.

D'Auguste ?

ROSALIE.

Oui, citoyen.

PERRAUT.

Que fait-il donc, à Paris, depuis quatre jours ?

ROSALIE.

Il s'est chargé de toucher pour Mathurine, un quartier de la pension que la nation accorde aux parens de nos courageux défenseurs.

PERRAUT, *avec le sourire de la défiance.*

Il croit bonnement qu'il va recevoir le quartier ?

ROSALIE.

Comment ! s'il le croit ! il n'en doute pas, ni moi non plus.

Air : *Jeunes amans cueillez des fleurs.* (des Deux Suisses.)

En faisant la guerre aux tyrans,
Que, partout, la frayeur éveille,

Sur les besoins de ses parens,
Le guerrier sait que l'état veille.
De la patrie heureux enfant,
Son cœur jouit dans la pensée
Que la bonne mèr' qu'il défend
Nourrira cell' qu'il a laissée.

PERRAUT, *d'un air sinistre.*

Il devait.... revenir, hier, au soir, Auguste....

ROSALIE.

Nous l'attendions.

PERRAUT, *lentement.*

Il n'est pas même de retour, ce matin.. Quand il n'arriverait pas encore.... ce soir, je n'en serais pas étonné.

ROSALIE.

Pourquoi ?

PERRAUT, *avec une réserve étudiée.*

C'est... qu'il est... à Paris.... et que...

ROSALIE.

Dites... mais, dites donc.

PERRAUT, *avec hésitation.*

Les occasions... les.... et puis, une surveillance exacte à laquelle il est impossible d'échapper.

ROSALIE, *fortement.*

Mon frère ne la craint point.

PERRAUT.

Il est...

ROSALIE, *très-vivement.*

Patriote.

PERRAUT.

Il tient des discours....

ROSALIE.

Très-bons.

PERRAUT.

Oui.... mais, on nous en prête.

ROSALIE.

L'imposture est facile à connaître... Avec tout cela,
j'ai beau me rassurer, l'inquiétude me prend. Citoyen
Perraut, saurait-on ?... parlez-moi....

PERRAUT.

Je ne sais rien du tout, seulement, je calcule, je
conjecture....

ROSALIE.

Non, non, j'ai tort de m'allarmer. Auguste est
connu.

> **AIR** : *Sans dépit, sans légèreté, etc.*
> Le soupçon vole ; en s'égarant,
> Il peut atteindre une âme pure :
> Mais, s'il la ternit, un moment,
> Un moment après, il l'épure.

Et puis, je me rappelle, à présent... Tenez donc ! moi
qui l'oubliais ! il m'a dit, qu'il resterait un jour de
plus à Paris, s'il pouvait me rapporter des nouvelles
de Justin.

PERRAUT.

Ah !.... de Justin !.... Celui-là vous intéresse beaucoup ! convenez-en.

ROSALIE.

Ah ! je fais mieux que d'en convenir. Je m'en vante.

PERRAUT, *avec malignité.*

Un amant qui sert !... un amant qui se bat !.... C'est
une chose inquiétante, le cœur est toujours....

ROSALIE.

Un amant qui se bat fait son devoir.... et, par fois,

celui des autres, citoyen Perraut. Cette idée soutient et console.

PERRAUT.

AIR : *Vaudeville de la Fausse Magie.*
Le péril n'a rien qui l'étonne :
Il est emporté, hazardeux,....
(*d'un air d'intérêt.*)
Quel est son régiment !

ROSALIE.

Cent deux.

PERRAUT.

C'est toujours celui-là qui donne.

ROSALIE.

Hélas ! Perraut, je le sais bien :
Il ne l'a pas choisi pour rien.

PERRAUT.

Il a donné précisément... à la dernière affaire.... (*rapidement.*) à celle qui n'a pas été fort heureuse, il a même été si maltraité, que...

ROSALIE, *avec l'attention la plus inquiette.*

Que ?.... Finissez donc, vous n'achevez jamais vos détestables nouvelles.

PERRAUT.

On craint d'affliger.....

ROSALIE.

Eh ! ces silences là tuent bien plus sûrement, cruel homme !

PERRAUT.

Et d'ailleurs, je n'aime pas être nommé, ni cité, ni....

ROSALIE, *passionnément.*

Non, non, non, mille fois, non. Seulement finissez.

PERRAUT.

Ecoutez, Rosalie, je n'assure pas qu'il faille pleurer Justin ; mais on croit, que, tout son régiment....

Il fait le geste d'un grand désastre.

ROSALIE, *dans le plus grand effroi.*

Tout son régiment ! Ah ! mon dieu ! monsieur Perraut ! en est on sûr ?... D'où le sait-on ? Qui l'a dit ? Justin !... Je suis assez malheureuse, pour que cela soit.

PERRAUT.

Point d'éclat. N'allarmons personne, d'autant que cet événement n'est pas certain...

ROSALIE, *saisissant ce doute.*

Non ?

PERRAUT.

Non, je n'en ai pour garant que des lettres particulières qui.... dans le fait, s'accordent assez.

ROSALIE, *avec douleur.*

Qui s'accordent! vous voyez bien !

SCENE XI.

Les précédens MATHURINE.

MATHURINE.

Tu t'es peut-être impatientée, ma Rosalie..... Quoi donc ? Qu'est-ce ?.... Qu'est-ce que cela ? Pourquoi toute pâle ? Pourquoi toute en larmes ?

ROSALIE, *en pleurant.*

C'est monsieur qui dit,... qui croit,... qu'il a péri dans un combat.

MATHURINE, *regardant Perraut d'un œil noir.*

Qu'il a péri ? Qui ? Mon fils !

ROSALIE

Hélas ! oui, Mathurine.

MATHURINE, *froidement.*

Air : *Ça n'se peut pas, ça n'se peut pas.*

Attens : n'gémissons pas d'avance.
Intrépide aux plus grands périls,
Estimant comme un' récompense
L'honneur de servir son pays,
Voilà Justin. Or, à mon compte,
Ceux-là n' meur' jamais. Premier point.
Et puis, c'est monsieur qui l'raconte ;
Donc, ça n'est point,
Donc, ça n'est point.

PERRAUT.

Plût au ciel, Mathurine, que...

MATHURINE, *furieuse.*

N'insiste pas, oiseau sinistre. C'est toi qui tues mon fils. N'insiste pas... ou je te le rends. Oui, prends y garde ; si tu me pousses à bout, je te traite en autrichien, ni plus ni moins ; car nos plus grands ennemis sont ceux qui nous découragent.

Perraut recule avec frayeur.

SCENE XII.

Les précédens, LE MAIRE.

LE MAIRE, *ayant entendu les derniers mots de Mathurine.*

Elle a raison, citoyen Perraut

PERRAUT.

Raison !

MATHURINE, *au Maire.*

Vous arrivez à propos, pour lui, (*le poing levé.*) J'allais lui donner un accident de plus à raconter, puisque ça lui plaît tant.

LE MAIRE, *à Mathurine.*

Ma bonne et toi, Rose, laissez nous un moment.

Elles se retirent lentement.

SCENE XIII.

LE MAIRE, PERRAUT.

LE MAIRE.

Oui, certainement, elle a raison : quel plaisir peut-on prendre à propager des bruits !....

PERRAUT.

Des bruits ! moi !

LE MAIRE.

Air : *De la fanfare de Saint-Cloud.*

Vous nous empêchés de croire
Ceux dont nos cœurs sont flattés :
Vous taisés une victoire ;
Un revers, vous l'augmentés.
Vous aimés à contredire
Tout succès qu'on vient d'avoir :
Vous vous plaisés à redire
Ce qu'on tremble de savoir.

PERRAUT.

Eh ! de grace, citoyen maire, n'adoptez donc pas les caquets : ne suis-je pas le premier touché des maux....

LE MAIRE, *avec adresse.*

Touché !.... mais entre nous, il m'est permis d'en douter.

A I R : *Il était un oiseau gris.* (de Rose et Colas.)

Puisqu'enfin ; il est des gens,

(*irroniquement.*)

Intelligens,
Qui, dans nos maux ; nos dangers,
Pour eux légers,

(*appuyant.*)

Touchés, au dehors ; mais, froids,
Ont, à la fois,
L'œil en pleurs, l'air allarmé,
Le cœur charmé.
Moi...mon cher, à tel fourbe adroit,
Je dirais bien : (j'en ai le droit.)

(*avec force.*)

» Ah ! cachez votre âme ;
» Car on la voit. »

PERRAUT.

Suis-je de ceux...

LE MAIRE.

Nous ne demandons pas qu'un homme ci — devant riche, ci-devant procureur-fiscal, ci-devant *comme il faut*, (*vieux stile*,) égoïste, célibataire et ruiné, comme il le dit par la liberté, nous ne demandons pas qu'il nous aime ; mais qu'il en ait l'air et qu'il nous nuise, c'est là, mon cher Perraut, ce que nous ne souffrirons jamais.

PERRAUT.

Nuise ! en quoi donc... *nuise !* Est-on si coupable de dire ce qu'on sait !

LE MAIRE, *avec force.*

Du moins, l'est-on beaucoup de dire ce qu'on ne sait pas. Oui, citoyen ; oui, monsieur.

A I R : *Vaudeville des chasseurs.*

Tel répand des bruits infidèles,
Qui, bien souvent, en est l'auteur.
Le fabricateur
De nouvelles
Est pareil au faux monnoyeur :

L'un, dans son avarice immonde,
De l'or corrompt la pureté ;
L'autre corrompt la vérité ,
Qui vaut tous les trésors du monde.

PÉRAUT.

Je ne communiquerai plus mes lettres. Voilà tout.

LE MAIRE.

Faites mieux ; n'en recevez plus. Aussi bien, toute cette correspondance m'est suspecte , et si je suivais mon devoir , dans toute sa rigueur......

SCENE XIV.

Les précédens , ROSALIE , LUCETTE.

ROSALIE, *très-empressée très-contente.*

MON père, nous vous cherchons. Accourez, accourez !

LUCETTE, *très-gaîment.*

Et vite encore , et bien vite !

LE MAIRE.

Pourquoi si vite ?

ROSALIE.

Il le faut bien.

LUCETTE.

Ils vous attendent.

LE MAIRE.

Quelle rage ! Et qui m'attend !

ROSALIE, *à Lucette.*

N'lui disons rien. Vous le saurez tout à l'heure.

LE MAIRE.

Allons donc, et voyons.

SCÈNE XV.

PERRAUT, *seul.*

Si je suivais mon devoir dans toute sa rigueur... Il est homme à s'emparer de mes papiers.... à prendre de l'humeur sur ces petites notes que j'ai tenues de toutes les occasions où nos armées ont été moins heureuses.... La collection est courte; mais pourrait nuire.

> Air : *Vous voulez me faire chanter, etc.*
> Allumons là, dans mon foyer ;
>   Et vite ; le tems presse ;
> C'est ici qu'il faut employer
>   Célérité, sagesse.
> Elle sera bientôt, je croi,
>   Détruite et consumée....
> S'ils ont un projet contre moi,
>   Qu'il s'en aille en fumée.

Grand feu, sur le champ... et puis cherche... Je les entends... oui... quel motif les ramène si promptement ici !... Ne reparaissons pas au yeux du maire que je ne sois hors de tout péril.

SCÈNE XVI.

LE MAIRE, MATHURINE, ROSALIE, LUCETTE, JUSTIN, AUGUSTE, UNE FOULE D'HABITANS, QUI LES ENTOURENT.

(*Justin est en uniforme.*)

CHŒUR.

AIR : *Voyage, voyage qui voudra.*

QUEL bien ! quel plaisir qu'on te r'voye !
De r'tour sitôt ! pourquoi ! pourquoi !

JUSTIN.

Mes bons amis ; c'est qu'on m'envoye,
Chargé d'un honorable emploi.

(*tendrement.*)

Voilà, voilà ma mère, ma mère et Rosalie !
Quel charme pour mon cœur ! Qu'il est content !

MATHURINE, *tenant Rosalie embrassée.*

Meilleure encor qu'ell' n'est jolie :
Mérit' le bonheur qui l'attend.

BERTRAND *à Justin.*

Tu n'mas point écrit ! j'en suis couroucé.

BENOIT.

Sont-ils tous chassé !

PIERRE, *le tirant par l'habit ?*

Tu n'es point blessé !

P A U L, *le tirant dans un sens contraire.*

Tu dois et' lassé?

T o u s.

Dis donc, dis donc.

J U S T I N, *embrassant sa mère, Rosalie, et Lucette.*

J'embrasse,
J'embrasse,
J'embrasse,
C'est l'plus pressé.

L E M A I R E, *à Auguste.*

Il fallait cela, rien moins que cela, pour nous payer, ta sœur et moi, des inquiétudes que tu nous as causées, mon cher Auguste.

A U G U S T E.

Hélas! mon père, je serais ici depuis hier soir; mais, quand j'ai su, par les papiers publics, l'arrivée prochaine et sûre de notre ami....

T o u s.

Par les papiers publics!

M A T H U R I N E, *à Justin.*

Comment! mon enfant! tu serais dans la gazette!

J U S T I N, *très-modestement.*

Il paraît qu'oui, ma mère. On a rapporté qu'ayant pris un drapeau dans une colonne autrichienne que mon régiment enfonça, la baïonnette au bout du fusil, le général voulut que j'eusse la gloire de l'apporter moi-même à la couvention nationale, et voilà ce qui m'a valu le bonheur de passer un jour avec vous.

A U G U S T E, *montrant le journal.*

Et nous avons.... preuve en main, s'il vous plaît.

T o u s, *avec empressement.*

Le journal?

A U G U S T E.

D'hier.

LE MAIRE.

Lisons ! lisons ! qu'on le donne à Bertrand. Allons, lis ; et bien haut !

JACQUES.

Et qu'il monte sur le banc : qu'on l'entende.

BERTRAND, *sur le banc.*

Et puis, silence !

(*Il lit.*

» Victoire remportée par l'armée du Nord.

JULIEN.

Et d'une.

BERTRAND, *lisant.*

» Prise de Mons , Tournai ; quatre cents prussiens faits prisonniers.

JULIEN.

Et de deux.

BERTRAND, *lisant.*

» Déroute de trois mille espagnols , abandonnant » leurs canons. »

JUSTIN.

AIR : *Vaudeville de la Soirée Orageuse.*

Partout la victoire est complette ,
Partout nous marchons à coup sûr ,
Notre invincible baïonnette
Nous mène aux portes de Namur ;
A rendre les clefs de la ville ,
L'ennemi bientôt se résout :
Mais la clef devient inutile ,
Quand on a le passe-partout.

LE MAIRE.

Vous voyez , mes amis , quelle foi méritent certaines gens, qui font ici, comme à Paris, commerce de mensonge. Tout à l'heure même.... et vous en avez été témoins.....

AIR : *L'amour est un enfant trompe.*
Un conteur stupide ou pervers,
Et tout plein d'impudence,

(*avec emphase.*)

D'un grand échec, d'un grand revers,
Nous a fait confidence.

LES MÈRES.

Il a désolé notre cœur.

LES HOMMES.

Il a répandu la terreur.

LES JEUNES FILLES, *avec colère.*

Il a troublé la dansé.

SCENE XVII.

Les précédens, PERRAUT, *avec désordre.*

PERRAUT.

AIR : *De la chasse de la garde, etc.*

CITOYENS ! à l'aide !
Courés et qu'on m'aide !
Au feu !
Grand dieu !
Ma maison est en feu.

LE CHŒUR.

Le feu ! fausse allarme !
C'est un jeu qui l'charme :
N'bougeons ; l'trompeur
Se plaît à nous fair' peur.

PERRAUT, *au désespoir.*

Non, sur mon âme :
Ma maison s'enflâme ;

Courons-y, la flâme
Croît, à tout moment.

(*plus vivement.*)

La flâme augmente....

Plusieurs G R O U P E S *se demandent.*

Toi, crois-tu qu'il mente !

Plusieurs répondent. ~

A parler franchement,
Je croyons qu'il ment.

P E R R A U T, *au désespoir.*

Citoyens, à l'aide, etc.

L E   M A I R E.

Ecoutez moi, mes amis, il vaudrait cent fois mieux, que nous fussions abusés par un conte, qu'un de nos concitoyens soit brûlé par notre faute. La maison de Perraut heureusement isolée n'en menace aucune autre; mais il ne faut pas moins lui porter un prompt secours. Courez, Pierre, Remi, Gautier, Nicolas, je vais vous suivre. Sauvez-le d'abord, et nous considérerons après, s'il le mérite. Allez, mes amis.... Et toi continue.

Perraut sort avec quatre hommes.

S C E N E   X V I I I.

Les précédens, excepté P E R R A U T.

B E R T R A N D, *lisant.*

Et pour nous empêcher de pénétrer dans la West-
» Flandre....

L E   M A I R E.

Oui, c'est là, que nous en étions.

BERTRAND.

BERTRAND.

» Se préparait à faire de grands efforts. Il s'avança
» contre nous à la pointe du jour, avec des forces
» imposantes ; mais nos républicains chargèrent leur
» droite et la rompirent. Une colonne épaisse qui for-
» mait leur centre, ne résista pas davantage à l'im-
» pétuosité française. Les baïonnettes l'ouvrirent en
» un moment. Un caporal du *cent deuxième* régiment,
» nommé *Justin Royer.....*

TOUS,

Justin Royer ?

BENOIT et PIERRE, *s'élançant sur le banc, l'un à droite et l'autre à gauche, en se penchant sur le Lecteur.*

Je t'en prie, laisse-moi lire son nom.... montre-moi.....

BENOIT, *lisant.*

» Justin Royer !.... oh ! ma foi ! moulé !

MATHURINE.

Pourquoi donc l'interrompre ?

(*Ils descendent.*)

BERTRAND, *lisant.*

» Nommé.... nommé.....Justin Royer, ... natif de la
» commune de Lysi, se précipita dans la mêlée, saisit un
» drapeau que trois grenadiers hessois lui disputèrent
» avec rage, le conquit à la pointe de son sabre et
» l'apporta dans nos rangs. »

Mathurine embrasse son fils en pleurant. Il tient d'une
main Rosalie. Tout le monde se presse pour lui serrer
l'autre. Cette scène est muette.

BERTRAND, *lisant.*

» Cette victoire honorait l'armée du nord, à l'ins-
» tant même où les allarmistes assuraient qu'elle
» était battue. »

C

LE CHŒUR.

AIR : La victoire est à nous.

La victoire est à nous.   (*bis.*)
O Liberté chérie !
Quel feu ! quelle énergie !
Quand on combat pour vous.

BERTRAND, *apperçevant Perraut.*

Les voici ! les voici qui reviennent et Perraut est avec eux.

ROSALIE.

De grace, qu'Auguste et Justin ne paraissent pas.
Ménageons une surprise à notre nouvelliste.

Plusieurs Habitans, se mettant devant eux.

C'est aisé ; les v'la cachés.

SCENE XIX.

Les précédens , PERRAUT , *et ceux qui l'ont accompagnés.*

PERRAUT.

RECEVEZ mes remercimens, citoyen maire, le mal n'était pas si grand, que je me le figurais, en jettant au feu... des paperasses de... procédures, la flamme s'était élevée si haut...

LE MAIRE.

Je suis fort aise que ce malheur n'ait pas été plus réel ; mais, pourtant, s'il l'eût été, vous avez vu qu'il pouvait le devenir davantage , par la défiance ou nous nous tenons , des allertes que vous nous donnez.

PERRAUT, *avec humeur.*

J'entends tous le monde me faire le même reproche.
Encore une fois, à quel sujet ?

BERTRAND, *d'un ton gognard.*

Certainement à quel sujet, car, moi je prends le parti
du citoyen Perraut. Ne dirait-on pas qu'il ne parle
jamais qu'au hasard ?

AIR : *Du curé de Pompone.*

Instruit de tout, toujours à point,
    Perraut n'a pu nous taire
Que nous étions battus..... au point !....
    Une déroute entière !

PERRAUT.

Eh bien !

BERTRAND.

Eh ! l'ami Perraut ne mentait point,
    S'il eût dit le contraire.

LE CHŒUR.

Non, l'ami Perraut, etc.

LUCETTE.

Même air.

C'est Perraut, c'est lui, qui, tantôt,
    A deviné trop juste,
Qu'il ne faut pas compter, sitôt,
    Sur le retour d'Auguste....

Mon malheureux frère est en prison....

PERRAUT.

Ça.... Je l'ai presssenti.

AUGUSTE, *paraissant.*

Mais, comment fait-il, l'ami Perraut,
    Pour deviner si juste !

LE CHŒUR.

Mais, comment fait-il, etc,

ROSALIE.

Même air.

Justin, m'a-t-il dit, (il sait bien
Si j'en suis attendrie.)
Au champ d'honneur, en citoyen,
Est mort pour la patrie.

PERRAUT, *avec timidité*

Je... le crois.

JUSTIN, *paraissant.*

Eh ! l'ami Perraut, n'en croyez rien ;
Le défunt vous en prie.

LE CHŒUR.

Eh ! l'ami Perraut, etc.

PERRAUT.

Eh ! mais ! tant mieux, tant mieux, tant mieux !

LE MAIRE.

A présent, citoyen Perraut, je dois vous parler un
autre langage. La convention vient de rendre un décret
sévère et juste contre ceux qui feraient ou propageraient
de fausses nouvelles pour répandre l'inquiétude. Ce
décret me parviendra bientôt, et alors je ne vous cache
point que je saurai déployer contre les allarmistes
toute la rigueur de la loi. En attendant, nous devons,
citoyens, nous assurer de lui.

TOUS,

Rien de mieux.

PERRAUT,

AIR : *De Calpigi.*

Mais, comment donc, citoyen Maire,
Calmez (*bis.*) cette colère ;
Je crois que vous n'en ferez rien.

LE MAIRE.

Pardon, mon cher concitoyen.   (*bis.*)
Pour causer des frayeurs mortelles ;
Vous forgiez ici des nouvelles ;
Or, quand vous serez tout là-bas,
Elles ne nous parviendront pas.   (*bis.*)

LE MAIRE.

Ecartons de la société des républicains, tous ceux qui prennent plaisir à la troubler. Qu'on l'entraîne à la maison d'arrêt.

TOUS.

Oui, à la maison d'arrêt.

VAUDEVILLE.

LE MAIRE.

Air : *Nouveau.*

Pourrait-il renoncer, vraiment,
A semer d'injustes alarmes ;
Envain il se voit, à l'instant,
Tout haut démenti par nos armes.
Qni, du Français, toujours vainqueur,
Raconte échec, déroute ou fuite,
S'expose à passer pour menteur....
Et ceux qui l'écout' en sont quitte
  Pour la peur.

JUSTIN.

Peur, est un mot, que nos succès,
Partout, propagent et répandent ;
C'est un mot qui n'est plus Français :
Nos en'mis l'adopt' et l'entendent.
Pour nos progrès et pour les leur,
Bientôt, ils l'entendront plus vîte ;
Et bientôt, j'en crois mon ardeur,
Ils verront qu'on n'en est pas quitte
  Pour la peur.

MATHURINE.

Feu Lucas fut un bon mari,
Longtems, du moins : car, tout se passe :

Mais, s'il eut eu l'tic favori
Dont monsieur Perraut dit qu'il s'lasse ;
Par malice ou bien par erreur
A m'allarmer, s'il m'eut réduite,
J'suis vindicative, et, d'grand cœur,
J'crois qu'il n'en eut pas été quitte
    Pour la peur.

ROSALIE, *au Public.*

L'auteur tremble toujours pour lui ;
L'acteur tremble, malgré son zèle ;
Le public tremble que l'ennui
Ne gâte un peu l'œuvre nouvelle :
Mais, quand la pièce a le bonheur
D'obtenir pleine réussite,
L'Auteur, l'Acteur, le Spectateur
Contens, tous les trois, en sont quitte
    Pour la peur.

FIN.

PROPRIÉTÉ·

JE déclare que je poursuivrai devant les Tribunaux, tout Directeur de Spectacles qui, au mépris des Loix existantes, pour la conservation de la propriété, ferait représenter L'ALLARMISTE, sans mon consentement formel et par écrit, ainsi que tout Imprimeur qui s'en permettrait une contrefaçon.

Paris, ce 22 Thermidor, l'an deux de la République Française, une et indivisible.

Signé, DESPREZ.

LE Catalogue des pièces de Théâtre se distribue, *gratuitement*, chez le Libraire du Vaudeville, au bas du grand escalier du théâtre, tous les jours, depuis cinq heures de l'après-midi, jusqu'à dix heures du soir, excepté les Décadi, ou, toute la journée, à l'Imprimerie, rue des Droits de l'Homme, N°. 44, près la maison d'arrêt de la Force.